죽은 사람과 사랑하는 겨울

임주아

시인의 말

쓰는 오늘 속에 존재하며 거의 혼자

2023년 12월
임주아

죽은 사람과 사랑하는 겨울

차례

1부 당신이 내 처음이야

2부 생일이 적힌 종이

3부 서로의 온몸을 파먹으며

4부 어디선가 폭죽 터뜨리는 소리

해설

1부

당신이 내 처음이야

아오리

우리는 아오리처럼 젊었다 얼마나 흰지 모르는 채 단단한 연두로 살았다 반으로 갈랐을 때 우리는 하나가 아닌 여러 개라는 사실을 알게 되었다 하나 안에 나는 하얗게 질려 있었고 하나 안에 너는 까만 씨를 물고 있었다 우리는 모르는 척 서로를 나누어 가졌다 사이좋게 양손에 쥐고 언덕으로 달리고 달렸다 서로의 머리 위에 꼭지가 자라나는 것을 바라보면서 뒤통수도 없이 아무 말 없이 돌아선 연두들이 머리를 짓찧으며 굴러오고 있었다

비

구름 사이로 손을 넣어 보았어
따뜻하더라
손은 사라지고 구름은
별 모양이 되었지만
쏟아지는 비
비에도 무늬가 있었지
빗소리를 듣다가
냄새가 좋아
키스했어
천천히 떨리는
그럴 수 있다던 세계는
그래야 하는 세계로
커졌고 터졌지
구름이 뒹굴고
빗물이 부풀어
멀리 지내는 동안
사랑하고 보내고 내리고
가끔 오래 보는 비

가끔 쏟아지는 비
소리를 듣고
미친 듯이 달려 나간 사람

복숭아

당신이 내 처음이야 말하던 젊은 아빠 입가엔 수염이 복숭아 솜털처럼 엷게 돋아나 있었겠지 엄마는 겁도 없이 복숭아를 앙 물었겠지 언제부터 배 속에 단물이 똑똑 차오르고 있었는지 모르지 이상하다 이상하다 당신이 매일 쓰다듬은 곡선이 나였는지

그해 여름 홍수 난 집 마당에 떨어진 복숭아 두 알 막 태어난 아기 얼굴 같은, 산모가 위험하니 그냥 낳으세요, 그냥 나온 나는 태어나 백도 복숭아처럼 물컹한 젖을 물고 눈을 끔뻑거렸겠지 눕혀 두면 하루 종일 잠만 자니 얼마나 좋은지, 엄마는 말했지

깨어나면 조금은 소란스러운 십 층 집 어느 날 무선전화기가 날아다니는, 종종 창문 밖으로 식탁 의자가 떨어지는, 떨어진 의자가 일 층 정원을 박살 내는, 동네방네 돌아다닌 소문이 햇볕을 꺾는 대낮 바람결에 모빌은 돌아가지 아이 좋아, 동해안 한 바퀴 시원하게 돌고 온 아빠 곰 같은 등 뒤에 서너 해 살다 간 여자 풋복숭아 자국 돋아나

는 눈두덩이 엄마 어디 가

　짓이겨진 과육을 뚝뚝 흘리면서 나는 천천히 무릎을
쓰다듬지 뭉게뭉게 피어나는 욕탕에서 오랜만에 만난
당신의 살을 만지지 복숭아 껍질 따가운 살갗, 엉덩이가
반으로 쪼개지는 기분이야 붉은 속살, 아빠와 엄마 사이
에서 온탕과 냉탕 사이에서 애인과 남자 사이에서 갈팡
질팡 놀지 더 이상 처음이 아닌 우리에게 또 한 철이

지각

잠결에 비명을 들었다
놀란 내가 나를 흔들어 깨웠다
누가 비명을 지르지 않았냐고
나는 고개를 저으며 웃었다, 아니라고
그건 내가 지른 환호성이라고
무슨 좋은 꿈을 꾸었냐고

아홉 살 때 창문을 열고 뛰어내렸는데 죽지 않고 봉봉을 타고 있었어 아파트 뒷산 아래 오백 원을 주면 삼십 분을 탔는데 몰래 십 분씩 더 타다 눈총 맞고 내려오기 일쑤였지 다리가 풀린 건지 감긴 건지 어지러운 느낌이 좋아 휘휘 걷다 운 좋은 날엔 기다리지 않고 그네를 탔어 그 옆에 시소는 절대 안 타 저번에 모르는 애랑 타다 죽을 뻔했거든 그 애가 시소에 엉덩이를 내리친 순간 내 몸이 휙 날아가 흙바닥에 턱을 꽉 찧어 버린 거야 힐레벌떡 오빠 등에 업혀 응급실에 갔는데 아무것도 기억이 안 나 근데 오빠 셔츠에 잔뜩 묻은 피만 선명하게 기억나 이제 시소만 보면 그 생각밖에 안 나 머리에 박혀 혼자 그네를 타고 발

로 세차게 구르면 익숙한 우리 집 창문이야 아빠 맨날 거
실에 누워 아침 뉴스를 크게 틀어 놓고 있는데 그날따라
아무 소리도 없고 너무 조용한 거야 또 안 들어왔나 보다
현관을 쓱 보는데 구두가 있잖아 되게 단아한 검정 구두
가 있더라고 근데 우리 엄만 절대 조용한 거 안 신거든 빨
갛거나 높거나 노랗거나 끈 있거나 엄마가 갑자기 왔을
리도 없는데 그런 구두가 있더라고 슬금슬금 안방에는
없더라고 작은방에 스륵 발가벗은 두 사람이 두 팔 뻗고
잠들어 있더라고 그날 나는 창문을 열고 뛰어내렸지 생
각했는데 열린 방문 앞에서 입을 꼭 다물고 있었어 다만
살지 않고 생각하고 있었지 지금 빨리 썻고 나가면 지각
은 아닐 수 있다고, 도둑처럼 조용히 문을 닫고 집을 나와
전속력으로 달렸는데 여지없이 지각이었어 또 지각이냐
고 복도에 세워져 작은 북채로 어김없이 손바닥을 맞는
데 감정이 확 실렸더라고 왜 아무 말 없냐고 왜 아무 말도
없냐고 소리치는데 그다음부턴 기억이 안 나 시소를 타
고 날아가 복도 창문을 깨고 뛰어내리는 꿈을 꿨는데 나
는 뛰어내려도 뛰고 있더라고 어지러워 웃고 있더라고

비명인지 환호성인지 모를

등

당신은 오랫동안 거실에서 노숙露宿했다
깨어나니 당신이 돌아누워 있었다
일인용 밥상 아래 생수병이 굴러다니고
도넛 봉투에는 휴지와 담뱃재가 가득했다
당신은 눈꺼풀을 가볍게 닫고
입술을 반쯤 벌리고 있었다
비명을 지를 것처럼
당신의 발목에 손목을 대어 보며 생각한다
당신은 밥을 먹어도 이를 닦지 않고
취해도 소리 지르지 않고
리모컨이 사라져도 찾지 않는다
더 이상 도넛 가게에도 가지 않는다
자라지 않는 머리카락이 곳곳에 떨어져 있다
상한 침 냄새가 바닥 온도를 높이고
나는 한쪽 팔을 올리고 잠이 든다
자면서도 질문한다
당신은 다시 일어날 것처럼 자꾸만
등을 보여 준다

걷는 연습

내 것이 아닌 팔을 흔들며 걸었다
내 것이 아닌 숨소리를 들으며 걸었다
내 것이 아닌 비를 맞으며 걸었다
내 것이 아닌 우산을 쓰고 따라갔다
내 것이 아닌 바다를 보고 돌아왔다
내 것이 아닌 시계탑에서 기다리고
내 것이 아닌 방에서 흐느끼는 소리를 들었다
내 것이 아닌 기쁨은 구멍으로
내 것이 아닌 슬픔은 전면으로
내 것이 아닌 문이 열리고
내 것이 아닌 네가 들어오면
멈추어 섰다
닳은 걸음걸이에 대해
새벽과 처음에 대해
어제의 표정과 냉담한 말투에 대해
가만히 들여다본 이마에 대해
닿은 적 있는 뺨에 대해
젖은 편지와 불태운 일기에 대해

말하지 않아서 좋았던 것들에 대해
마주쳐도 멈추지 않고
서로에게 걸어가는 연습에 대해
두 사람의 나 자신에 대해

세탁기 소리 듣는 밤

세탁기 돌아가는 소리에
용기를 갖게 된다
뚜렷한 것이 없어도
나는 살아 있고
솔직하지 못한 삶에도
일정한 소리가 난다

베란다에 서서 통돌이 세탁기 돌아가는 소리를 듣는
다 세로칸에 사방팔방 두드리는 소리 가득 차고 나는
이 소리에 중독되어 하루에 몇 번씩 빨래 돌리는 상상
을 한다

그러다 세탁기 앞에 까치발을 들고 더러운 양말을 꺼
내 신는 아이가 떠오르고 스무 켤레도 넘는 새 양말을 머
리맡에 두고 나간 사람도 툭 생각난다

죄책감에 사 온 그 양말들이 어둑어둑 모여 한밤중 경
쾌하게 돌아가면 누군가 돌아오는 소리 들은 듯 평온해

지고

　세탁기 초인종 울리면 주인 목소리를 알아챈 강아지
처럼 한달음에 달려가 베란다에 솟아오른 꽃향기를 들
이마시곤 했다

　그런 날에는 침묵하던 큰 옷들도 팔을 끌어당기며 엉
켜 있다가 별 뭉치처럼 쏟아져 나와 울었다

백행

　물속은 꿈결 꿈속은 물결 사랑하는 것과 망가진 것 무
너진 것과 돌아선 것 튤립처럼 팔 모으고 똑똑 물방울 받
기 질주하는 여름과 텅 빈 소란과 물가에 앉아 물장구치
며 하호하호 모르는 사람의 손등이 되어 무무심심 다정
한 기분 속으로 궁금한 마음 안으로 모래를 펼치는 바다
쓸어내고 비우는 바다 부드러운 지느러미가 우리 뺨을
어루만져 모든 것이 빠른 정지 화면처럼 다른 역에서 같
은 구간을 지나는 아무도 없는 숲의 종소리로 태어나고
싶어

　종이 울리면 종이를 넘기고 종이를 넘기면 무성한 잎
사이 마을에 펼쳐진 수많은 파라솔들 파라솔 아래 쏟아
지는 작은 폭죽들 주워 왔다는 말과 아름다운 모양 들여
다보고 아껴 보고 사뿐사뿐 뒤집어 뜨거운 이마에 차가
운 뚜껑 지붕 사이 빗소리 장마는 매년 수리되는 신이란
다 뜨거워질까 두려워하다 시무룩 푸르러지는 뚝딱임과
뚝딱임들 이제 어떤 종류의 용기를 가져 볼까 햇볕과 바
람이 충분한 깃털 속으로

사랑하는 사람과 증오하는 사람이 지키려 하는 것들
속에는 거품 같은 피로가 몰려 있고 백색의 질서가 깔려
있고 투명하고 작은 얼음들이 톡톡 떨어져 나와 도망치
듯, 두 손을 동그랗게 모으면 자꾸 목이 마르네 요즘 이것
저것에 대해 생각하는데 이것은 물렁하고 탄성이 있고
긴장이 있어 저것은 미지근하고 물큰하고 무늬가 있어

오늘의 요모조모가 사방팔방을 기억하고 멀리서 보
면 먼지 뭉치일 우리가 가까이서 보면 빙산도 무섭지 않
지 파고들고 파고들면 다 녹아 버려 싱싱하게 살아 있는
척 살아 있어 얼음을 물고 있으면 이상하게 따뜻하다 혀
의 열이 얼음을 더 작게 만들고 난 그게 신기했어 얼음은
물이었고 물은 몸의 집이라는 게

모서리가 보이지 않는 발끝이 닿지 않는 커다란 통에
너를 빠뜨리고 가만가만 헤엄쳐 가면 둘레둘레 돌아서
가면 몸속에 잠겨 자꾸 손을 뻗을 거야 젤리를 씹으면서

우리와 가장 잘 맞는 발음을 찾아서 사랑하는 것을 찾아서 도르레라 말하면 혀가 구르고 춤이라 말하면 입술이 모이는 아직은 다행이고 아직은 무시무시해서 얼음 상자를 가득 실은 네가 오고 있어

　이야기와 상관없이 음은 아름답지 음과 관계없이 이야기는 제멋대로 우리가 만난 것처럼 그걸 뭐라 할까 불온 파도 염치 장미 아무것도 견딜 수 없어 웃는 사람들 얼굴을 쓸어 담고 기차를 타고 들판에 쫓아가 새가 입은 옷을 빼앗아 입고 사탕을 사고 생각을 훔치고 앉아 노을처럼 터져 버리죠 뭐

　까맣게 탄 구름 얼굴을 만지며 깨끗하게 누워 잘 거예요 근심 없이 살 거예요 이곳의 기묘한 환대 넓고 깊은 밤의 무한한 짙음 느슨한 사랑과 늘어난 마음 감추지 못하고 있다는 진심입니다 기꺼이 가까이 오롯이 바깥으로 이제 우리라 말하면 좁은 골목이 떠올라 공터와 공원과 크레인과 서가 홀쩍 건너뛰어 오는 달과 달리기 소재의

무한한 가능성 수소차와 달리기와 시의 가능성 전깃줄
과 빨랫줄의 가능성

　　수상한 행복과 살아 있음의 도리도리 100을 의심하는
99 영영을 의심하는 백백 파랑이 되어 쓰고 쓸 일 바투가
되어 잡고 잡을 일 넝쿨덩굴 오르는 작은 마을 한데 모여
수박을 자르고 낙엽을 담고 눈을 맞으며 나무에 별을 매
달겠지 작고 진한 점이 되겠지 구르는 점이 되겠지 등 푸
른 잎사귀에 대고 속삭이면서 비밀 많은 부족처럼 씨앗
을 귀하게 여기기 잠깐 바람결에 사랑을 두기

　　찾아가고 싶은 곳이 주는 이상한 믿음들과 골목으로
다가오는 발들 빌딩을 빠져나오는 빛들의 생일과 이름
을 받아 적으며 산책하지 수평선에 누워 빗금 치고 놀래
빗방울을 배낭처럼 메고 너에게 갈래 깎여도 뾰족한 연
필처럼 밀물과 썰물의 균형 감각처럼 한곳에서 만나는
지점과 손 닿으며 매일 한 폭씩 넓혀 가는 마음으로

나를 관찰하는 장미

분홍 장미 한 다발을 선물받았다

처음 꽃을 사러 갔다는 말에 안겨 온

장미는 가만히 나를 바라보았다

장미는 굵은 봉오리 속에 작은 알을 품고 있는 것 같
았다

종이를 오려 한 장 한 장 풀로 이어 붙인 것처럼 정교하
고 단단했다

장미를 보기 시작한 날부터 나는 알람도 없이 이른 아
침에 일어났다

장미가 나를 깨운 것 같기도, 내가 장미를 깨운 것 같기
도 했다

중요한 것은 매일 아침 장미에게 다가갈수록 내가 장
미의 눈을 갖게 된다는 것이다

하루 중 가장 좋아하는 시간은 화병에서 장미를 한 송
이씩 뽑아 들고

발톱을 자르듯 줄기를 잘라 주는 일

비스듬히 잘라 주어야 오래 볼 수 있다고 했다

더러운 어항의 물을 갈듯 화병의 탁해진 물을 버리고

매일 깨끗한 물로 갈아 주는 것을 잊지 않았다

담장에 기대어 울다가 쓰러진 다음 날

장미는 발톱을 잘라 주어도 더 이상 자라지 않고

물을 갈아도 아무런 반응이 없었다

화병에 물을 버리고 며칠 가만히 두었더니 걷잡을 수
없이 말라 갔다

색 빠진 잎이 점점 뒤틀리고 노래졌을 때쯤

한 송이씩 뽑아 도마 위에 올려 줄기를 쳤다

손끝으로 꽃잎을 잘게 부수었다

다시 붙일 수 없을 만큼 집요하게

가루가 된 장미를 화병에 쓸어 넣고 아침이 되길 기다
렸다

일어나면 가장 먼저 장미의 안색을 살피던 나는

이제 장미의 잔해를 보관하는 사람이 되어 숨을 죽
였다

장미는 여전히 나를 바라보고 있었다

산책

여름은 빛나서
뺨이 붉어지고
호수는 흔들려서
눈빛만으로
건널 수 있을 것 같았다

공원을 걷다가
잠시 손을 놓았을 때
너는 말끝을 흐리며
손바닥에 손끝을 대었다가
가만히 떨어뜨렸다

종종 발등 위에
침묵을 내려놓았다
자주 미안하다고 말하며
뒷모습으로 걸었다

성실하게 빛나고

홀로 가라앉았다

그해 여름에는
숲도 집을 나가지 않았다
빛이 새어 나가지 않도록

호수 만들기

땅을 우묵하게 파고
물을 가득 채워 준다
주위에 나무를 심고
빛을 고루 비춰 준다
눈을 한번 깜빡이고
천천히 걸어 본다
사라진 물의 꼬리는
어떤 모양일까 그려 보면서
바위에 오른 새가 볼
구름을 찾아보면서
올라갔다 내려왔다 일정하게
제자리를 찾는 물결의 표정을 살핀다
얇은 표면을 받치는 물의 근육
수축하고 이완하는 물의 박동
어둠을 자르는 물의 활기
매일 살기 위해서
매일 호수를 만드는
매일 걷기 위해서

매일 호수를 짓는다
호수에 빠져들지 않기 위해서
호수에서 나오지 않기 위해서
호수를 만든다
호수를 지운다
호수를 완성한다

무성인

오늘은 떠날 수 있을까
팽팽한 하늘에 연 날리는 사람이 잠시 희망을 갖듯
나무에 걸려 잡을 수 없더라도 날려 보는 건 중요하
니까
특별한 에너지 없는 사람처럼 특별한 성분 없는 피
처럼
조용한 바탕에 더 잘 보이는 핏방울처럼
지문에 찍어 맛보고 싶은 색처럼
언제 도착할 수 있을까
튼튼한 환상을 짓고 야심을 잊지 않으며
다시 태어나도 살 수 없는 곳을 만지작거린다
도넛 한입 베어 물고 이곳에 없는 자국을 생각하며
큰 상을 받던 날과 매질 당하던 날을 동시에 떠올린다
한밤중 본 사람은 신이 아니라 쓰레기봉투였다는
사실
머무르는 것은 위험하다
무슨 말 하는지 알아들을 수 없는 사람의 등을 돌리며
안도하고

좁은 텐트 안에서 한 평수의 잠을 쪼개고 있을 때

말발굽 소리를 내며 뛰어오는 소의 얼굴을 뒤지다

육중한 바위 밑바닥을 뒤집자 따개비처럼 새 신발이 붙어 있다

산책할까

화해의 손을 내밀면서도 끝내 용서하지 못한 부류로 남긴 싫었는데

절반은 잘리고 절반은 축축한 내가 되어 겨우 기어 나온 기억

소스라치게 놀라며 떠나온 곳은 언제나 내 발아래였고

그것에 반발하며 온순하게 걷는다

어디에나 분포하는 무성인처럼

표 표 표

좁고 깊숙한 살로를 건너 젤리로 둘러싸인 머릿속을 통통 튀는 꿈에 너는 살찬 물고기가 될래 꽉 찬 물살이가 될래? 묻고 답하지 않는 꿈에 젖지 않고 마르지 않는 꿈에 해치지 않고 다치지 않는 꿈에 샘밭에서 막 따 온 까만 젤리코를 줄게 탱숲을 걷는 흰 소라귀를 줄게 피피포포 달콤한 피맛 소스 짭쪼롬한 섬맛 소스 입 안에 돌아 귓가를 돌아 만지고 만져 나에게 와 줘 휘감아 돌아 나에게 와 줘 끝내 꿈에 뒤집어 보면 유리문 깨지는 바람 속이는 파랑 들어와 안아 보면 어선에 숨겨 둔 그물처럼 끝없이 몸에 걸리고 감기는 너는 끌어 올려도 올려도 끝없는 너는 버릴 수 없는 무게로 버려도 좋을 상태로 나를 묶고 달래는 사랑은 피난피 흐르는 파랑팡

2부
생일이 적힌 종이

홀

이유 없이 눈물이 날 때가 있다. 마음 한구석이 부서진 느낌이 들 때가 있다. 끝없는 용기를 가져야 한다고 느낄 때가 있다. 그것이 부서지면 이상한 곳으로 질주할 것 같아 마음을 다 내놓을 때가 있다. 세상이 너무 커다란 구멍 속으로 사라져 뒤쫓아 통과하고 싶지 않을 때가 있다. 아무것도 느끼고 싶지 않아 책장을 넘길 때가 있다. 누구에게도 화내고 싶지 않아 아주 먼 언덕으로 도망간 적 있다. 아무와도 말하고 싶지 않아 언덕에서 굴러떨어진 적 있다. 떨어져 맨홀 속으로 들어간 적 있다. 뚜껑이 잘 닫히지 않아 다시 닫으러 올라간 적 있다. 어둠 기둥 속에 서서 끝없는 구멍을 내려다본 적 있다. 먼저 떨어뜨려 본 발바닥이 투명하게 날아다니는 것을 본 적 있다. 발 딛지 못한 곳에서 흐르는 물소리 들려온 적 있다.

토토

이제 주말 외출은 주인의 뜻이 되었다

더 이상 아무 데나 오줌을 갈길 수 없고 바다에 뛰어들
수 없고 털을 비비며 사랑을 꿈꿀 수 없다 명심해, 주말은
토토의 것이 아니야.

토토는 그 말에 밤을 잃었고 못 잔 잠을 털어 고무장갑
을 샀다

변기 속을 들여다보며

이게 더 깊었으면 화장실에서 오래 시간을 보낼 수 있
겠다고 생각했다

삐죽삐죽 선 변기 솔 같은 주말을 보내고

코털을 뽑으며 토토는 다음 외출을 기다렸다

포도

　　포도 한 송이를 먹는 동안 너는 나에게 오지 못하고 올 생각이 없고 나의 연애는 포도처럼 작고 달고 찐했어요 파리 떼 들끓는 포도잼에 빠진 쪼글쪼글한 건포도였어 두 손 가득 쥐고 쏟아붓고 흐물흐물 쓰러지는 포도색 노을, 울고 살찌는 열매들같이 터질 듯 익은 나는 사랑할게 너는 폭파시켜 포도탄 포도탄 포도 병정 입술이 찢어지고 투명 눈알이 날아가고 나의 헤어짐은 꽉 찬 껍질이라 잘 정제된 피가 솟구쳤다 가라앉는, 여름은 당신과 처음이었어요

사전

당신이 헌책방에서 구해 온 두꺼운 사전은
우리가 같이 살던 집에서 나올 때가 되어서야 입을 열
었다
눈은 이런 뜻이라고
밤은 이런 뜻이라고
당신은 내가 묻는 말에 사전처럼 말하다 핀잔을 듣곤
했다
당신은 사전처럼 이 집에 가만히 있는 게 좋다고 했다
가 꼬집히곤 했다
사전은 당신이 준 첫 선물이었으므로
나는 사전을 믿는 사람이 되었다
모르는 사이가 속속들이 얇아지듯이
종이 가득 빼곡해지듯이
당신에게 하고 싶은 말이 많다
하지만 없다
읽는 것이 쓰는 것을 예감하고
쓰는 것이 읽는 것을 정리하듯이
각각의 순서, 의미, 너무 얇은 사랑들을

넘길수록 묵직해지는 왼편을

차마 모르지 못한 채

몸속에 덮어 둔다

2011

그해 겨울 나는 병실에 눕고 싶었다
하지만 병실 보조 의자에 앉아
조용히 흐느끼고 있었다
날씨는 명령 같았고
빗소리는 더 이상 고백이 아니었다
창에 보이는 한 그루 나무
너무 많은 전구를 달고 있어
허공에 누워 있는 나무
첫눈이 오지 않는 도시에
언제나 첫눈이 올 거라 믿으며
초대장을 쓰던 우리는
밤이 올 때까지
눈을 뜨고 있었다
자면 안 돼
자면 안 돼

죽은 사람과 사랑하는 겨울

내가 사랑하는 사람들은 겨울에 태어나 겨울에 죽었다. 그래서 겨울이 좋다. 입을 다물 수 있어서. 죽은 사람은 죽은 뒤에 발을 꺼내고 등으로 벽을 치며 입술을 문다. 겨울은 웃지 않는 사람들의 것. 그런 사람들이 자주 뒤돌아보는 곳.

겨울에는 주머니가 자주 터진다. 길을 잘못 든다. 잘 넘어진다. 보고 싶어 사라진다. 보이지 않게 돌아선다. 내가 나를 던지지 않고 아무도 나를 밀지 않아서 눈이 떨어진다. 어깨에 떨어진 사람들이 꿈을 꾼다. 꿈에서 성벽보다 높은 난간을 바라본다. 내가 사랑하는 사람들은 더 이상 태어나지 않는다.

묘지에서

이제 유골함을 고르라 했다
갑자기 문장을 지어내라는 말 같다
빗소리를 묶어 만든 리본이라든가
생태계는 태어나지 않은 나무들이 버린 것이라든가
또 심오한 개의 얼굴에서 보이는 할머니
"어떤 것으로 하시겠어요?"
점원은 여러 종류의 도자기 함을 보여 주며
얼마나 오래 보존 가능한지 이야기했다
영원한 보관을 위한
질 좋은 밀폐를 위한
나는 골몰했다 20만 원 30만 원 40만 원 100만 원 더
높은 것…
나는 우울했다 20년 30년 40년 더 가능한 것…
빛나는 함들이 고르게 정렬된 가게에서
두 손으로 조심조심 도자기 하나를 들어 올렸다
오랜 시간 아무도 들어오지 못할 진공 용기라 했다
그래 그럴까 그런가 그래서…
이제 나는 산 사람이 되어 공동묘지를 찾아간다

그것을 안고 묘지로 향하는 그림을 따라간다
그 작품을 보기 위해 미술관에 가듯
오로지 보고 느끼기 위해 그 앞에 서듯
그것과 나의 모든 것이 회화적으로 느껴질 때까지
넓고 깊은 침묵을 위한
아무도 위하지 않음을 위한
누구도 방해하지 않는 이후를 위한
그와 나 사이
안전한 질식을 위한

옷장

　나무 옷장에서 죽은 사람들이 문을 열고 걸어 나온다
아무도 모르게 죽어 버린 사람들이 이 옷장에 숨어들었
다가 불쑥 튀어나온다 사랑하는 사람의 옷을 입고 태연
하게 걸어 나온다 내가 입고 있는 옷은 누구의 것인가 어
떤 죽음에서 데려온 것인가 죽은 사람들이 거리를 걸어
다닌다 중얼거린다 뒤를 돌아본다 입에 톱밥을 가득 물
고 다리 없는 옷장으로 서서

여기서 이러시면 안 됩니다

판단하지 않기 위해
알지 못한 채 말하지 않기 위해
확신에 찬 목소리를 갖지 않기 위해
슬프다 말하는 나와 기쁘다 말하는
나 사이의 나를 강력하게 의심하기 위해
조심조심 머문 날들
까치발 들고 잠든 날들
엎드려 눈뜬 날들이
어느 날 갑자기 떼 지어 죽어 나갈 때
나는 잠시 철거됩니다 쾅 하고 뜯겨 나갑니다
나는 잠시 가스관이 됩니다
나는 잠시 유리문이 됩니다
나는 잠시 초침이 됩니다
여기서 이러시면 안 됩니다
여기는 그래도 되는 곳이 아닙니다

망종

타인은 죽이지 못한 벌레
알려지지 않은 붉은 씨앗
이리 와 어서 갉아 먹어 보렴
텅텅텅 우는 소리 나는 나를 망가뜨려 보렴
구멍 뚫린 옷을 걸치고 전속력으로 나는 새들
맨몸으로 기어다니는 벌레 행렬
계획의 취미는 경로 재탐색
사랑하겠습니까 돌아가겠습니까
썩은 낙엽으로 뒤덮인 나의 몸
뺨에 달라붙은 타인의 감정
빗자루에 붙은 벌레 다리 몇 개

밤의 공터

처음 보는 할아버지가 다 자란 진돗개 한 마리를 데리고 전주 선미촌 성매매업소 뒤를 서성이고 있었다

개는 제 몸통의 반이 채 안 되는 목소리로 건물을 향해 소심하게 짖기 시작했다

할아버지는 알 수 없는 말로 개를 나무라다가 쥐고 있던 목줄을 건물 가스관에 길게 묶어 두었다

주춤하던 할아버지는 개의 얼굴을 한번 쳐다본 다음 업소 안으로 황급히 사라졌다

그리고 나오지 않았다

개는 공터에서 앞발을 모으고 웅크려 앉아 할아버지를 기다렸다

쉴 새 없이 골목을 비집고 들어오는 차들

헤드라이트 불빛은 반드시 개를 한번 비추고 빠져나가야 했다

징조

거품을 묻히고 온몸에 물을 부을 때
소진이란 말과 어울린 날을 펼쳐 보네
눈 감으면 엎질러진 빛이 있어
잠결에 바라본 옆모습은
누구도 만든 적 없는 굴곡
수없이 제목만 읽은 책처럼 고요하게
구멍으로 빨려 들어가는 물방울들

3부
서로의 온몸을 파먹으며

전단지

할머니의 전단지를 받지 않은 남자가 애인과 다툰다
왜 받지 않느냐 손 한번 내미는 게 그렇게 어렵냐 굳이
받고 싶지 않다 안 받아야 할 이유도 없지만 꼭 받아야
할 의무도 없다 여자는 손을 놓고 너는 할머니의 마음
을 왜 모르냐 남자도 손을 놓고 네 마음도 모르는데 모
르는 할머니 마음을 어떻게 알겠냐 말과 말이 싸우고
모르는 할머니와 모르는 마음을 가늠하고 추위에 달라
붙은 사이, 두 사람의 정수리엔 눈송이가 뿔처럼 솟아
있었고 늦은 밤 귀가하지 못한 사람들의 얼굴이 바닥에
찢어져 있었다

잠

이제 없나 봐 당신이
이제 없나 봐 읽어 주던 말이
이제 없나 봐 마음이
어렴풋이 버렸지
산에 멈추어 작은 잎만 골라 삼켰지
어렴풋이 섧게
어렴풋이 동그랗게 나 없는 삶
나 없는 이야기
나 없는 잠
칠해 줘 안 보이게
하얗게 칠해 줘 나 거기 살 수 없게
마음 어디 틈 없이 숨 막히게
그렇지
그렇지
부드럽게 살아 있지
삶을 놓지 않고
나를 놓았다는 것만으로
조용히 살아갈 수 있지

어쩌나
당신 안에 잎이
사려 있게 자라나
초록으로 멈추어 날아갈 듯이
잡힐 듯 아슬아슬히
살아서 떠난 당신은
없나 봐
이제 당신 속에도 없나 봐

피크닉

앞숲에 사는 그가
내가 사는 뒷숲으로 건너왔다
아무것도 걸치지 않은 몸으로
종종 걷는 연습을 하고 있다고 말했다
가파른 길을 오르면 아무 생각이 나지 않아 좋다고
살고 싶지도 죽고 싶지도 않아 좋다고 했다
나는 그가 좋아하는 꽃차를 내어 주고
돗자리만 한 담요를 꺼내 주었다
웃지 마, 추워
그가 말했고
오지 마, 꿈에도 오지 마
내가 말했다
앞숲으로 천천히
그가 산책을 가자고 했다
가파른 길 위를 천천히
도착한 숲에는 작은 무덤이
무덤 옆에는 일인용 텐트가 있었다
들어가 향을 피우고 촛불을 켰다

우리는 숲에서 종종 피크닉을 열었다
서로의 온몸을 파먹으며
긴 잠에 빠져들기 전까지

빈집

기다림이란 지루한 병에 걸리지 않기 위해 쓸모를 버리는 저녁 빗소리가 듣고 싶어지면 지붕으로 올라가 자루 속에 모아 둔 구슬을 한꺼번에 쏟아내곤 했어

비 내리는 우물에 비친 나무가 흔들릴 때면 흙 묻은 울음을 꺼내 입 속에 넣고 걸었어 동네에서 가장 높은 언덕으로 빙 돌아가면 아무도 만나지 않고 집에 갈 수 있었지

깊고 좁은 골목 함께 살던 집에 도착하면 매일 밤 번갈아 만진 스위치가 남아 있어 아무도 들어오지 못한 빈집이 모르는 오늘을 천천히 나고 있어 소리 없이

기일이 다가오는 계절 나는 물 자국처럼 사라지고 싶었어 아무도 없는 빈집 문을 덜컥 열고 넓은 창이 되고 싶었지 인간 따위가 아니라

하지

너는 테이블 모서리 쪽으로 시선을 떨어뜨렸다 나는 입 속에 얼음을 굴리다 말고 반대쪽 모서리를 바라보았다 너는 모서리에 비친 햇빛을 돋보기처럼 바라보고 나는 마지막 얼음 하나를 털어 넣었다 모서리를 만지작거리던 너는 일어나 햇빛 쪽으로 문을 열었다 뒷모습이 네 빛에 녹아 흐물거리고 있었다 나는 네 등에 달라붙은 햇빛을 따라 나갔고 너는 뜨거운 대로를 단숨에 걸어갔다 나는 얼음이 녹을 때까지 입을 벌리고 있었다 단단한 얼음이 작아져 사라질 때까지만 나는 너의 여름이었다

저녁의 눈빛

발등을 바라보는 사이 저녁이 온다
야채 칸에 넣어 둔 나무를 꺼낸다
작은 장작처럼, 그 짙은 밤색의 나무를
끓여 먹으면 기관지에 좋다고 당신은 말했다
노란 스텐 주전자에 나무를 넣고 물을 붓고 팔팔 끓여
낸다
나는 당신에게 줄 것이 없어 나무를 끓인다
당신은 나에게 줄 것이 없어 나무를 끓이는 눈빛을
준다
그런 저녁을 실패하고 싶지 않다
삶이 지루할 때마다 물을 끓이거나 도마를 두드린다
꼭 그래야 한다는 것은 꼭 그러지 않아도 된다는 말
그럼에도 나는 자꾸
발등을 보고 무언가 줍는 시늉을 했다

좋은 사람

넌 좋은 사람이야, 연애는 끝났다 흔들리는 길가엔 소
주병이 나뒹굴고 내 머리통도 굴러다녔다 늦은 오후 좁
은 방에 갇혀 목이 말랐다 애인들은 주먹을 쥐고 벽을
쾅쾅 때리며 뜨겁다고 소리쳤다 살려 달라고, 천장을
바라보며 나는 태연하게 물을 마셨다 나는 좋은 사람
좋은 사람

부고

　순대국밥집에 마주 앉은 우리는 서로의 잔에 소주를
부어 주고 있었다. 잔이 몇 순배 돌자 누군가 이만 나가자
했고, 무슨 기분에 휩싸였는지 그길로 우르르 노래방에
들어갔다. 화면에 달라붙어 예약 버튼을 누르기 시작한
그들은 상단에 빼곡한 숫자들이 사라질 때까지 화를 내
면서 신해철 노래를 불렀다.

이름 늦음

이름을 부르면
파쇄되는 얼굴
얼룩무늬 뱀
물결무늬 절망
탕탕탕
달리는 곰
발바닥을 맞대고
흐느끼는 사람

김오순전
—이모는 외출 중

"긍게 아부지가 내 승질을 알고 순하게 살아라 순할 순자를 지어 줬는개벼. 지금도 내가 승질이 나믄 물불을 모르자녀."

1958년 전북 장수군 번암면 지지리에서 아버지 김영철(1914년생)과 엄마 문수자(1930년생) 사이 4남 3녀 중 둘째이자 장녀로 태어났다.

1961년(4세) 남동생 김종덕이 태어났다.

1963년(6세) 여동생 김동순이 태어났다.

1965년(8세) 밭일 나간 어머니 대신 집안일하고 동생들 돌보느라 학교에 가지 못했다. 아버지는 도사처럼 하얀 도복 차림에 두건을 쓰고 상투를 틀고 다녔다. 동네 사람들이 빗자루 부대라 불렀다. 온 집안 식구가 단군을 섬기는 대종교 신앙이 깊었다.

1968년(11세) 남동생 김종열이 태어났다.

1970년(13세) 남동생 김종근이 태어났다. 아버지가
종교 생활을 그만두었다.

1971년(14세) 나무하러 간 동생 종덕과 동순을 데리
러 간 뒷산에서 돌을 굴리고 앉아 있는 산신령을 보았다.
이맘때부터 신이 보여 자리에서 쓰러졌다. 어머니 등에
업혀 몇 차례나 아랫동네로 쫓아 내려갔다. 만신 앞에 놓
여 살풀이를 받고서야 겨우 살아났다. 학교를 다니고 있
던 동순으로부터 한글을 배우다 중도 포기했다.

1973년(16세) 막내 여동생 김종님이 태어났다. 10월 17일
생일날은 가을걷이 끝날 때라 집에 먹을 것이 많았다. 배
부르게 생일 밥을 지어 먹은 아침, 신이 나서 아랫마을에
놀러 나갔다가 집에 돌아오는 길을 잃어버렸다. 아버지
와 큰오빠 종문이 지팡이를 짚고 온 동네를 다니며 찾고
있다는 소식을 동네 언니로부터 전해 들었다. 잡히면 맞

을까 두려워 친구 집에 있던 고구마 쌓인 대나무 바구니 뒤에 한참 숨어 있었다. 해가 지고 집에 돌아가려 산에 올랐으나 밤중에 또다시 길을 잃고 말았다. 다 찢어진 옷을 입고 헤매다 모르는 집 문을 두드려 하룻밤만 재워 달라고 했다. 금방 돌아가려 했으나 마음처럼 되지 않았다. 주인집 아주머니가 옆 동네에 결혼 못 한 사촌 동생이 있다고 소개시켜 주겠다 나서며 여자는 시집만 잘 가면 된다고 붙잡았다.

1974년(17세) 딸 정숙을 낳았다. 가족들 볼 낯이 없어 집에 돌아가지 못했다. 대신 시아버지가 집을 찾아 아버지에게 자초지종을 설명했다. 어린것을 집으로 보내지 왜 함부로 데리고 있었냐며 불같이 성을 냈다는 아버지는 평생 아무도 용서하지 못했다.

1977년(20세) 아들 정상을 낳았다.

1979년(22세) 딸 정남을 낳았다. 글을 읽고 쓸 줄 모른다는 이유로 공장에서 핍박을 많이 받았다. 동료 도움을 받아 이 악물고 두 달간 한글을 배워 책을 읽을 수 있게 되었다.

1983년(26세) 서울 중곡동에 자리 잡은 네 식구가 빠듯하게 살았다. 공장, 식당, 아파트 공사판 등에서 닥치는 대로 일했다. 남편은 환경미화원으로 근무하기 시작했으나 술만 먹으면 난폭해져 같이 살기 힘들었다. 어느 날 여동생 동순이 어렵게 주소를 얻어 집으로 찾아왔는데 너무 오랜만이라 얼굴을 알아보지 못했다. 서울까지 와서 사는 꼴이 이게 뭐냐며 펑펑 울던 동순이는 하룻밤도 자지 않고 갔다.

1984년(27세) 폭력을 견디지 못하고 동순이 집으로 피신 갔다. 남편이 찾으러 왔으나 동순은 사실을 말하지 않았다. 돌아간 남편은 평생 이혼해 주지 않았다.

1985년(28세) 이종필 사이에서 아들 해원을 낳았다.

서울 중곡동, 면목동, 상봉동 등지 단층집에 살았다. 어렵게 배운 한글을 잊어버리는 게 아까워 새벽부터 교회에 다니기 시작했다.

"교회 골방에서 한 이십 분인가 울면서 주님 찾으면서 기도를 막 하는데 뭣이 오냐면 회오리여. 회오리바람이 싸고 들어오는 거여. 물줄기 같은 것이. 글더니 찬송가 책 130, 144페이진가 그려. 그 책이 저절로 막 넘어가는 거여. 책을 다시 탁 여니까 그담부터 술술 읽어지는 거여?! 그참에 아침에 목사님한티 가서 얘기하니까 아이고 김오순 자매님 은혜 받았다고 그려. 근데 성경책을 읽을라믄 안 읽어지는 거여. 페이지도 안 찾아지고 (…) 나도 하도 안 돼 가꼬 인쟈 서울 미아리 가서 공수를 물어봉게 경상도 보살이 팍 마 문디 가시나 패 지기뿔라 그려. 왜 그렇게 욕을 하시냐고 그랬더니 너는 빨리 이 길로 가야 된다 그려. 글도 모르는디 내가 어떻게 가요, 보살님은 책도 다 읽고 글씨도 쓰는구만요, 그랬더만 팍 마 패 지기뿔라 마, 니가 하나? 그럼 뉘가 하는디유, 신에서 갈켜 주지 문디 가시나 마! 그려."

1989년(32세) 서울에서 호프집을 운영하기도 했다.

1994년(37세) 익산 큰오빠 집에서 아버지가 눈을 감았다. 26살 된 딸 정남이 스스로 목숨을 끊었다. 남편 이종필이 사망했다. 아들 해원이 9살 되던 해였다.

1995년(38세) 28살 된 남동생 종열이 교통사고로 세상을 떠났다.

1999년(42세) 쉬는 날 고모 집에 놀러 갔던 엄마가 급작스레 돌아가셨다. 제때 풀지 못한 신병이 격해져 온몸을 떨었다. 몇 달 앞서 만신이 된 막내 여동생 종님을 따라 경기도 안산으로 갔다. 소개받은 신엄마를 만나 내림굿을 받았다.

2000년(43세) 여동생 동순의 권유로 법당에 나가기도 했으나 기도할라치면 몸에 신들이 완강히 거부했다. 백일기도를 위해 고향 장수로 내려갔다.

 "내가 애기 때 태어난 장수를 갔어. 거길 가서 인쟈 동서남북 인사를 하는디 별이 해 지는 쪽으로 요만하다가 갑자기 크으으은 달로 변하더니 뾰쪽뾰쪽한 모자를 쓰고 책을 딱 보여 주는 거야. 같이 간 보살헌티 해 지는 쪽에 별을 쳐다보면 뭘로 보여요, 별이 별로 보이지 뭘로 보여, 아니 나는 별이 갑자기 큰 달로 변했는디 달 속에 할아버지가 들었어, 그랬더니 아이고, 월광신을 받으라고 그러는 거야. 할아버지 가신다 할아버지 가신다, 할아버지 어디 앉으실래요, 그랬더니 좌측 편에 앉는다 그러더라고. 그 할아버지 모셔 놓고 불교사 가서 경문 책을 샀어. 사 갖고 3일 딱 되니까 다 읽어지는 겨. 그래가꼬 그놈으로 일했자녀."

 2002년(45세) 큰오빠 종문과 올케언니, 두 여동생의 제부들과 파주와 횡성 등 신축 아파트에 타일 메지 작업을 하러 다녔다. 아들 해원과 떨어져 전주에서 신당을 차렸다. 손님이 많아 생활이 꽤 넉넉했다. 꿈에서 신이 손을 뻗어 가리킨 곳이었다.

2009년(52세) 같이 일을 봐 주던 지인에게 사기를 당해 전주 선미촌 건너 동네로 이사했다. 아들 해원이가 훗날 아내가 될 여자친구 강현주를 데려와 처음 보았다.

2013년(56세) 선미촌 골목 집에서 낮에는 고물을 줍고 밤에는 신을 모시는 만신으로 살았다.

2017년(60세) 아들 해원과 며느리 현주가 10년 연애 끝에 결혼했다. 선미촌에 도착한 대절 버스에 동네 지인들 10명쯤 태우고 서울 결혼식장에 도착했다. 폐백 때 대추를 던져 주며 싸우지 말고 잘 살아라, 했다. 명절 때마다 아들 내외가 오토바이를 타고 집에 와서 자고 갔다.

2018년(61세) 9월 난생처음 비행기를 탔다. 아들 부부

와 사돈댁 손잡고 간 2박 3일 제주도 환갑여행이었다. 12월에는 한참 비어 있던 옆집에 젊은 사람들이 들어와 작은 책방을 차렸다. 매일 들러서 커피 타다 주면 먹고, 결혼했는지도 묻고, 이런저런 사는 이야기하면서 얼굴을 익혔다. 종종 손금을 봐 주다가 관상도 말해 주고 어떤 조상신이 지켜 주고 있는지 알려 주기도 했다.

"여그가 말하자면 물터여 물터. 동초등학교 그쪽부터가 물왕멀이야. 쩌쪽 집에 물이 돌아 흘러 내려가. 여그서 한 집, 두 집, 네 집 가운데 물 내려가. 우리만 단체로 노는 것이 아니라 이 터에 먹을 것을 먼저 드리고 우리가 먹어야혀. 내가 오동나무 저짝에다가 초하룻날, 초삿날, 명절날 항상 과일하고 떡허고 막걸리허고 갖다 바쳤었거든."

2019년(62세) '만신 김오순의 인생 이야기'를 주제로 책방에서 강연했다. 바닥에 앉아 포스터 그림도 직접 그리고 오랜만에 깨끗한 옷도 꺼내 입었다. 관객 중 한 명이 몇 명의 신을 모시고 있냐고 물어 오기에, 일곱 분 중에 다섯

살 먹은 아들도 있고 세 살 먹어서 간 여동생도 있다고 말해 주었다. 40분쯤 이야기하다 영도 오고 눈물도 나서 말했다. "이제 그만하믄 안 되까?"

2021년(64세) 문 닫은 성매매업소에서 나온 나비 머리핀이나 봉제 인형을 모아 두었다가 예쁜 것들만 골라 책방에 갖다주었다. 딸과 똑같은 손금을 가진 젊은 친구를 보면 붙잡고 조금 울었다. 2월 마지막 주엔 서울로 올라가 아들네랑 사돈댁이랑 도란도란 식사를 했다. 키우던 강아지 복덩이와 고양이 복순이는 여전히 사이가 좋았다.

3월 5일 낮 집주인으로부터 집을 비워 달라는 이야기를 듣고 평소보다 술을 많이 마셨다. 초저녁 거리에서 예기치 못한 사고를 당했다. 예수병원 응급실에 실려 갔으나 이튿날 새벽 5시경 숨을 거뒀다. 8일 오전 9시 30분 발인 후 전주승화원으로 옮겨진 뒤 불상에 들어갔다. 장례 후 아들 해원이가 집을 찾아 강아지 복덩이를 데리고 서울로 돌아갔다.

3월 21일 아침 남동생 종근이 지키고 있는 가운데 집을 비우는 작업이 시작되었다. 일하는 사람 세 명이 달라붙어 방마다 끝없이 나오는 물건을 마대에 담았다. 작은 포클레인이 골목길을 비집고 들어와 싣고 나르기를 반복했다. 신당에는 아들 며느리 이름과 생일이 적힌 종이가 달려 있었고 종근이 선물로 준 한지 항아리가 한쪽에 놓여 있었다.

3월 23일 오후 막내 여동생 종님이 환송굿을 하고 갔다.

5월 햇살 비치던 날 빈집에 남겨진 고양이 복순이가 새끼 네 마리를 낳았다.

*안도현 시 「임홍교 여사 약전」의 형식을 빌려옴.

물결무늬

떠나야 하는 날이 있습니다

보고 싶다 말하면 다시 볼 수 없게 된다 중얼거리는
아침

높은 하늘에서 내려다보는 강은 아름다웠습니다

꽉 접혔다가 펼쳐지는 물결은 울다가 활짝 웃는 사람
같고 오래 멈췄다 다시 걷는 사람 같았습니다

가까이서 먼 곳으로, 움직이는 무늬로

물결은 얼굴이었다가 몸이었다가 뒷모습이 되었습
니다

떠날 수 없는 날에는 바다로 갔습니다

4부
어디선가 폭죽 터뜨리는 소리

폐업

종이가 붙어 있었다.
앞으로 오지 말라고 했다.
좋아.
그러곤 헤어졌다.
철거될 때까지
나는 살아남아 사랑을 돌보았다.

아이와 어른

거실에 눈이 쌓여 있었다 방문을 열자 끝없는 길이 펼쳐졌다 아무도 밟지 않은 눈길을 걷는 아이가 보였다 아무리 불러도 대답이 없어 무작정 아이를 따라 걸었다

멀리 에메랄드색 옷장이 눈에 들어왔다 곧 터질 것처럼 앞뒤를 덜컹대는 옷장에서 무언가 와르르 쏟아졌다 눈이었다 푹푹 발이 빠지고 아이는 점점 깊은 곳으로 빨려 내려가 딱딱한 벽에 떨어졌다

동굴이었다 아이는 눈을 맞으며 어른과 나란히 걷고 있었다 아이는 처음 눈을 보던 날처럼 기쁜 얼굴을 감추지 못했다 어른은 아무 말 없이 아이 어깨 위에 떨어진 눈송이를 털어 주었고 아이는 떨어지는 눈 소리가 좋아 고개를 들었다

올려본 어른의 어깨 위엔 눈송이가 떨어지지 않았다 새삼 놀란 아이는 옷소매를 잡고 세차게 흔들었지만 녹아내리기 시작한 어른은 자신의 외투 속에 스며들어 버

렸다 동굴을 뛰쳐나온 아이는 에메랄드 옷장이 보일 때까지 휘날리는 눈길을 걸었다

거실은 아무 흔적 없이 깨끗했다 방문을 열자 에메랄드 옷장에 어른의 외투가 반듯하게 걸려 있었다 아이는 옷장 문을 닫고 외투 속에 몸을 넣었다 그렇지 않으면 얼 것 같은 어른을 입고 몇 번이고 몸을 녹였다

놀이공원

그가 죽고 나는 망한 놀이공원이 되었다
사람을 찾는 애타는 목소리
쉴 새 없이 재생되는 목마의 멜로디
어떤 음에도 작동하고 싶지 않아
스위치를 다 떼내고 보니
실망은 너무 쉬운 화해였다

그의 죽음은 나와 잘 맞았다
나는 죽음을 맹신했다
이렇게 완벽하게 사라질 수 있다니
나는 죽음을 불신했다
이렇게 완벽하게 태어날 수 있다니

그가 죽고 나는 번영했다
어디선가 거대한 폭죽 터뜨리는 소리 들리고
뒤돌아보던 그가 내 명복을 빌어 줬다

두 귀는 조금 떨어져

몰래 울다 나올 수 있는 길이 있다

귓속, 놀들이 돌아다니다 층을 이루고
나는 자주 중심을 잃는다

귓속에 빗소리 들리고
뒷모습으로 걷는 당신이 보인다

고개를 틀면 길이 휘어지므로
잠시 머리를 한쪽으로 두어야 한다

해풍에 휘어지는 나무
하얗게 말라 가는 돌멩이를 줍는다
반쯤 엎어진 배처럼

우리는 한쪽 귀로 울기 시작했다

밀밭의 연인

남자는 낡은 록스타에 그림을 싣고 봄볕을 건너다 밀
밭 딸린 집을 얻었다 여자 키만 한 짚을 베고 서로의 무게
를 재어 보기도 하고 마른 등을 밀어 주기도 했다 벽난로
앞에 앉아 그림자를 쬐다 보면 하루가 다 가고 빈 잔에 비
친 생도 이쯤에서 끝나 줄 것만 같았다

노랗게 눈뜬 밀이 계절을 뒤덮을 무렵, 농로를 걸어가
는 만삭의 여자는 아름다웠다 아무도 찾지 않는 그림은
쌓여 갔지만 이웃집 노인에게 밭을 빌릴 수 있어 괜찮았
다 아기가 태어나면 좀 더 넓은 밭을 일굴 생각이었다

남자는 창문에 비친 밀밭을 베끼기 바빴고 여자는 자
주 집을 비웠다 여자가 있어야 할 의자엔 저녁 햇살이 앉
아 있었다 그날 헝클어진 머리를 쓸며 밤늦게 집으로 돌
아온 여자의 다리가 퉁퉁 부어 있었다 남자의 시선은 점
점 이웃집 지붕에 옮겨붙어 갔다

문밖으로 뛰쳐나간 남자의 그림자가 지워지고 있었

다 까마귀 떼가 황급히 날개를 접고 날아갔다 한 발의 총
성에 밀밭에 부는 바람이 집으로 기울었을 때 자화상의
귀에서 밀 껍질이 우수수 떨어졌다

들소 떼 같은 구름이 먼지를 일으키다 암청색 하늘을
뒤덮었다 발작처럼 여자의 목을 조른 아침, 남자는 굽은
붓으로 캔버스를 덧칠하고 있었다 남자는 여자의 자화
상에서 수년 전 죽은 자신의 얼굴을 발견했다

빗소리

빗소리 듣는 당신을 본다 뒷짐 진 모습이 꼭 당신의 아
버지 같다 만난 적은 없지만 꼭 그 뒷모습을 닮았을 거라
생각한다 비 오는 날 밤, 당신은 학교 앞에 마중을 나왔다
벌서듯 가방을 들고 서 있는 내게 뛰어와 우산을 씌워 주
었다 당신은 걷다 문득 아버지가 보고 싶다고 말했다 나
는 한 번도 만나 본 적 없는 당신의 아버지를 생각했다 언
젠가 나도 당신을 그리워하게 될까 봐 두려웠다 당신의
슬픔이 나를 두렵게 한다는 것이 괴로웠다 우리는 종종
같은 비를 맞고 돌아와 키를 맞대고 누웠다 귓불을 두드
리는 빗소리, 빗속을 걷는 당신이 보인다

그런 날

보이차를 마시고 싶어 식탁으로 간다. 좋아하는 찻집에서 구한 자사호, 깊은 맛이 나는 부지년산 찻잎, 아주 작은 나무 티스푼, 물을 보내는 차판, 뜨거운 물을 부으면 초록색에서 흰색으로 바뀌는 양배추 차총(차의 친구라는 말이 좋다), 그리고 아끼는 찻잔 딱 한 개. 흰색 포트에 500ml의 물을 붓고 전원 스위치를 누른다. 의자에 앉아 벽을 마주 보며 가만히 기다린다. 방에서 비추는 빛이 어제와 다른 방향으로 그어져 있다. 아직 걸지 못한 액자 두 개가 바닥에 놓여 있다. 물방울 터지는 소리가 금속 안에 가득 차며 포트 물이 전속력으로 끓는다. 너무 부글대는 물을 쓰면 안 돼. 잠시 기다렸다가 차호에 부어 주는 게 좋아. 부드러운 팽주는 말했다. 기다렸다가 물을 붓고 뚜껑을 닫는 일은 하나도 어렵지 않다. 찻잔을 바로 놓고 차판을 당겨 두고 차호를 만지작거린다. 오늘은 보이차를 마실 수 있어 아무렇지 않은 것 같고 어떤 내용이 되지 않아도 가능하다고 말한다.

등

침대에 누워 등을 바라본다
우리는 모르는 사이였다

이전으로 돌아갈 수 없어
꿈은 시작되고

도망친 곳에 천국은 없다는 말을 들었다
그렇다면 지옥도 없겠지

꿈에서 너무 많은 사람들과 이야기했다
머리끝까지 이불을 뒤집어쓰고
화난 사람처럼
평화를 찾아다녔다

깊숙한 골목
아무도 없는 곳

유리창 앞에 앉아

건물이 무너지는 것을 바라보았다

우리는 모르는 사이
매일 밤 닿은 등이 있다

일일 日日

일요일의 얼굴이
월요일을 배회한다

지하도를 빠져나오며
온화하게 초침을 삼킨다

출입문을 끌어당겨
부드럽게 착석한다

사백 개의 갈비뼈를 요요처럼
늘어뜨리는 뱀이 되어

네 개의 다리를 신전처럼
모시는 코끼리가 되어

가죽처럼 찢어지는 달력
분쇄되는 커피 알약

털갈이
털갈이

울며 살아난

같이 느낀 단 한 번의 즐거움을 쪼개고 쪼개 나빠지려 하는 마음에 이어 붙이면 조금 아물 수도 있을까. 오늘이 좋대도 내일은 모르겠고, 앞으로 어떻게 먹고살아야 할지 알 수 없지만. 다짐도 싫고 각오도 싫고 계획도 싫지만. 다만 덜 절망하고 덜 미워하며 살고 싶다. 그것들은 바닥을 기면서 벽에도 붙지 않고 등 뒤로 숨지도 않아서, 고장난 밸브에서 새어 나오는 희미하고 교묘한 가스처럼 주변의 모든 사물과 신경을 숨죽게 한다. 그런 마음이 주는 무거운 질책에 오래 빠져 지낼 때 나는 나다운 것 같았고, 긴긴 가스관을 바라보면서 증오에 휩싸일 때 되려 평온해졌다. 셀 수 없이 단단한 열기였고 만질 수 없어 녹아내리는 허물이었다. 나는 이렇게 나태하고 헐렁해서 밝아지는 동물인데, 언제부턴가 음울하고 촘촘한 인간을 위장하며 착실하게 살고 있습니다. 나는 매일 달라서 오랜만에 크게 웃고 떠들며 갑갑한 껍질을 벗고 한 달에 한 번 신중하게 울며 살아난 사람이 될 수도 있다.

물속에 빠뜨리면 투명해진다

　많은 것을 함께하려 했던 마음이 순식간에 어두워졌다. 모든 관계에서 하나부터 열까지라는 건 존재하기 어려운 일이다. 다섯이라도 가면 다행이니 그것으로 고마워하는 게 좋다. 돌아보면 귀신이 된다. 어느 누구도 내 마음 같을 수 없고 그 속도도 맞을 수 없다. 그것을 인정하게 될 때까지 얼마나 많은 착오를 거름으로 착각해야 할까. 아무것도 갖지 마. 내가 좋아하고 열성적으로 해 왔던 노릇도 끝나는 날이 오겠지. 자유로운 강박에서 풀려나는 때가 오겠지. 불안이 지속되면 온밤이 무한할 것처럼 생각 속에 빠진다. 너는 물이야. 얼마나 깊은 우물일까. 알지 못하는 물속에 나를 빠뜨려 본다. 가장 싫어하는 곳에 나를 가만히 둔다. 허우적대는 것을 지켜보고 싶어서. 여기에 있다면 거기에도 있다. 빠져나올 수 있었다면 살 수 있었을까. 물방울이 떼 지어 눈가에 거꾸로 매달리면 온갖 물체가 투명이 되어 밤을 떠다닌다.

불안한 사랑에서 불안을 위한 사랑으로

양재훈(문학평론가)

　이 시집에는 이별을 겪은 주체의 무기력과 불안이 가득하다. 그것은 사랑하는 대상과의 일체감을 박탈당한 데서 기인한다. 많은 시에서 시적 주체는 출구 없는 무기력에 빠져 있다. 이는 그가 대상과의 사랑에 얼마나 많은 것을 걸고 있었는지 짐작게 한다. 시적 주체는 대상과의 혼연한 일체감 속에서 그와 자신 외에는 어떤 것도 세상에 없는 것처럼 사랑했을 것이다. 세상에 오직 둘만을 남겨 두는 자기완결적인 사랑과 이별 뒤에 주체가 겪는 무기력의 깊이는 오이디푸스 콤플렉스 단계에 있는 유아가 어머니와의 관계에서 보이는 온전한 의존과 그 관계를 박탈당하면서 겪는 고통에 방불하다.

　오이디푸스 콤플렉스는 잘 알려져 있는 대로 타자와의 행복한 일체감 속에서 나르시시즘에 빠져 있던 유아가 타자와의 분리를 경험하고 이른바 상징적 질서에 편입되어 가는 과정을 나타낸다. 전오이디푸스적 일체감은 어머니와의 상상적 이자관계二者關係를 나타내는 것으로, 이때 유아는 자신과 어머니를 완전히 결합된 공생적 일체로 여긴다. 그러나 이러한 결합관계는 지속되지 않는다. '아버지의 이름'이 끼어들어 그것을 깨뜨려 버리기 때문이다. 아버지의 이름은 원초적 대상인 어머니를 향한 욕망을 금지하는 작인을 일컫는다. 그것은 어머니가 종속되어 있는 상징적 법을 대표하는 작인으로, 유아는 그 법을 받아들임으로써 상징계에 진입한다. 이제 원초적 대상인 어머니를 향한 욕망은 억압되고 아이는 새로운 대상을 찾아 나선다.

오이디푸스 콤플렉스는 유아가 독립된 인격체로 성장하기 위해 반드시 거쳐야 하는 과정이다. 그러나 이 과정은 타자와의 단단한 결합을 통해 이룩하고 머물고자 했던 둘만의 완결된 세계를 파괴하는 것이기에 고통을 수반한다. 원초적 욕망이 금지되는 데다 자신이 타자에게 불충분한 존재라는 고통스러운 자각까지 따르기 때문이다. 이 시집에 실린 대다수의 시에서 시적 주체는 아이가 엄마에게 전면적으로 의존하는 것처럼 사랑에 몰입했고, 이별 후 엄마를 잃어버린 아이처럼 무력해져 있다.

시집을 열자마자 만나게 되는 첫 번째 시에서부터 대상과의 일체감을 박탈당한 주체가 느끼는 분리의 고통을 볼 수 있다. 「아오리」는 타자와의 분열로 인한 불안을 쪼개진 사과에 비유한다.

우리는 아오리처럼 젊었다 얼마나 흰지 모르는 채 단
단한 연두로 살았다 반으로 갈랐을 때 우리는 하나가 아
닌 여러 개라는 사실을 알게 되었다 하나 안에 나는 하얗
게 질려 있었고 하나 안에 너는 까만 씨를 물고 있었다

—「아오리」부분

처음 이 시를 읽었을 때는 단일하게 완결된 자아 동일
성의 해체라는, 이제는 익숙해진 문제를 다루고 있는 것
처럼 보였다. 단단한 연두색 껍질을 통해 외부 세계와 분
리되는 동시에 내적 완결성을 지니는 것으로 오인되어
온 자아가 있다. 그것이 모종의 경험을 통해 내적 완결성
을 잃어버리면서 스스로를 분열된 것으로 인식하게 된
다. 이를 통해 단단하게 완결된 자아를 기반으로 하던
주체와 대상 사이의 경계도 흐려진다. 이제 시적 자아는
세계를 대상으로 취하는 주체라는 자기 인식을 유지할
수 없게 된다. 따라서 세계를 해석하거나 개입하는 것도
불가능해진다… 우리의 일상적 경험과는 동떨어져 있
지만 문학이나 사상의 영역에서는 더 이상 낯설지도 않
은 사유다. 그러나 이 시집 전체에 타인과의 일체감을
박탈당하면서 겪게 되는 자아의 불안이라는 테마가 퍼
져 있으므로, 이 시 역시 달리 읽혀야 한다. 다소간 현학
적이라 할 수 있는 저 사변적 깨달음보다는 몸으로 느끼

는 보다 직접적인 감각의 언어로 대하는 것이 온당하다.

시는 껍질과 과육, 씨 등이 지닌 색채를 대비시키며 분리 이전과 이후, 그리고 분리된 자아와 타자 사이의 차이를 표현한다. 각각의 색채들에는 또 다른 성질이 부기되어 있어 차이가 더욱 도드라진다. 껍질의 연두는 단단한 질감을 지녔고, 과육은 하얗게 질려 있다. 까만 씨는 하얗게 질려 있는 '나'와 분리된 '너'의 속성을 지시함으로써 분리 이전의 일체감 속에 가려져 있던 차이를 부각시킨다. 젊은 시절의 나는 너와의 일체감을 바탕으로 세계와 맞설 수 있는 단단한 자아를 지니고 있었다. 지금의 나는 나와 너가 같지 않음을, 둘이 하나가 아님을 자각하고 있다. 자아의 이러한 전환은 한순간에 일어나는 것이 아니어서, 시간의 흐름과 그에 따른 경험의 축적이 선행된다. 그 과정에서,

> 우리는 모르는 척 서로를 나누어 가졌다 사이좋게 양손에 쥐고 언덕으로 달리고 달렸다 서로의 머리 위에 꼭지가 자라나는 것을 바라보면서
>
> —「아오리」부분

자아는 타자와의 분리를 받아들이지 않고 그것을 부인한다. 서로의 머리 위에 꼭지가 자라나는 것을 바라보는

것은 둘이 하나의 꼭지를 공유하는 공생체가 아님을 드러내는 경험이다. 이러한 경험들이 쌓이면서 자아는 더이상 젊지 않은 상태가 된다. 타자와의 일체감을 바탕으로 단단한 연두로 살던 젊은 시절, 자아는 타자와의 일체감을 바탕으로 세계와 맞설 수 있는 활력을 지니고 있었다. 그러나 이제 그러한 활력을 상실한 자아는 더이상 어떤 행동도 하지 못한 채 "뒤통수도 없이 아무 말 없이 돌아선 연두들이 머리를 짓찧으며 굴러오고 있"는 그로테스크한 광경을, 그저 하얗게 질린 얼굴로 바라볼 뿐이다.

오이디푸스 콤플렉스 단계를 통과하며 아이는 타자와의 행복한 일체감을 박탈당하고, 그럼으로써 세계가 상상적 이자관계로 완결될 수 없음을 배운다. 이는 자신의 존재가 그리 단단한 기반 위에 놓여 있지 않음을 자각하고 세계를 고통스러운 곳으로 인식하는 과정이다. 그러나 그것은 한편으로 확장된 세계관을 획득하는 과정이기도 하다. 이를 통해 주체는 비로소 이자관계로 한정되지 않는 넓은 세계를 인식하게 되고, 스스로 자기 존재의 의미를 구축해야 함을 배운다. 말하자면 더 이상 "아오리처럼 젊"지 않다는 것은 활력을 잃었다는 뜻이기도 하지만 주체의 성숙을 향한 도정이기도 하다.

이 시집 역시 그러한 성숙으로 나아간다. 그러나 그 과정이 순탄하지는 않다. 주체는 이별을 부인하고 이미 깨져 버린 일체감 속에 머물러 있고자 하는 불가능한 욕망을 쉽사리 떨쳐내지 못하고, 힘겹게 이별을 수긍하고도 대상과의 이자관계를 벗어난 다른 존재 방식을 찾지 못한 채 고통스러워도 한다. 고통 속에서도 주체는 새로운 존재 방식을 찾지 않으려 한다. 일체감의 회복이 불가능하다는 사실과 깨진 관계를 벗어나 새로운 존재 방식을 찾아 나서지 않고자 하는 의지 사이에서 주체가 할 수 있는 일은 없다.

> 마음 한구석이 부서진 느낌이 들 때가 있다. (중략) 이상한 곳으로 질주할 것 같아 마음을 다 내놓을 때가 있다. 세상이 너무 커다란 구멍 속으로 사라져 뒤쫓아 통과하고 싶지 않을 때가 있다. 아무것도 느끼고 싶지 않아 책장을 넘길 때가 있다. (중략) 아무와도 말하고 싶지 않아 언덕에서 굴러떨어진 적 있다. 떨어져 맨홀 속으로 들어간 적 있다. 뚜껑이 잘 닫히지 않아 다시 닫으러 올라간 적 있다.
>
> —「홀」 부분

일체감의 회복도, 깨진 관계를 벗어난 새로운 존재 방식의 정립도 선택하지 못하는 주체는 무기력에 빠진다.

「홀」에서 시적 주체는 현실감을 상실하고 세상 전체가 다 사라져 버린 듯하다고 느낀다. 그에게는 이 공허감을 극복할 의지조차 없다. 세상은 전과 다를 바 없이 존재하고 있다는 사실과 자신이 알던 세상이 없다는 감각 사이의 간극을 견딜 수 없기 때문이다. 손만 뻗으면 닿는 사물들과 눈을 들면 보이는 세상, 말을 걸면 대답하는 사람들이 여전한 세상을 증명하고 있으므로 시적 주체는 그 어떤 것과도 더 이상 관계하지 않으려 한다. 책장을 넘기는 기계적 행동을 반복함으로써 주변 사물에 대한 감각을 의식에서 지우려 하거나, 말을 주고받을 아무도 없는 맨홀 속으로 들어가기도 한다. 그리고 완전한 어둠 속에서 모든 감각이 차단되도록 뚜껑을 닫는다.

어떤 행위도 없이 세계와 단절된 주체는 당연하게도 죽음과 가까이에 있다. 이 시집에 유독 죽음과 관련된 시가 많은 것도 그래서일 터이다. 그리하여 시적 주체는 자꾸만 현실이 아닌 죽음의 세계와 접속한다. 「등」에서는 죽은 아버지의 모습을 눈앞에 그려내고, 「빈집」은 죽은 사람의 뒤에 남은 빈집과 자신을 동일시한다. 「옷장」에서는 "나무 옷장에서 죽은 사람들이 문을 열고 걸어 나"오는 모습을 보고, 「죽은 사람과 사랑하는 겨울」에서는 사랑하는 사람의 죽음을 죽은 사람과의 사랑으로 전도시키기는 데에까지 나아간다.

대상과의 일체감이 이미 깨져 버렸음에도 새로운 존재 방식을 찾지 못하는 주체는 도저한 무기력 속에서 죽음에 근접한다. 그런데 그는 다른 존재 방식을 찾지 못할 뿐 아니라 그것을 찾지 않으려는 의지를 지니고 있기도 하다. 이때 주체는 자신이 고통 속에 머물러 있다는 점에서 역설적으로 쾌락을 얻는다. 이 역설적 쾌락을 가능케 하는 것은 그가 이별의 고통 속에 있으면서도 그로부터 벗어나기를 거부하고 있다는 점이다. 정신분석학이 향락jouissance이라고 부른 고통 속의 쾌락이 바로 이것이다. 한없는 무기력 속에 머물러 있기를 스스로 선택하고, 그런 자신의 모습을 시의 형태로 써내기를 반복하게 만드는 동력이 거기에 있다.

이와 같은 행위 속에서 자아와 세계 사이의 구분이 흐려지고 동일성이 해체되며, 그에 따라 과거의 기억과 현재의 감각이, 또 꿈과 현실에 대한 인상이 뒤섞인다. 그리하여 시적 자아인 나가 나 자신으로부터 분리되고(「지각」), 몽환 속에서 이별 전후의 시간이 뒤섞이며(「프프프」), 주체가 현실을 대하고 해석하는 논리 자체가 흐려져 언어가 소통 가능한 문법을 이탈한다(「백행」, 「프프프」). 「복숭아」와 「지각」은 아버지의 외도를 목격한 경험과 그에 따라 어머니가 집을 나간 일 등 학대와 유기를 연상케 하는 유년의 기억을 담고 있는데, 아버지에 대한 해결되지 않은 애증의 감정이 그의 죽음 이후 (아마도) 연인(이었을 대상)과의 이별 상황에 겹쳐지기도 한다.

이처럼 이 시집은 이별 후에도 둘만으로 완결된 세계라는 불가능한 환상을 유지하며 대상과의 일체감 속에 머무르려 하는 전오이디푸스적 주체의 불안과 무기력으로 가득하다. 그러나 그것이 전부는 아니다. 불안과 무기력을 안겨 주는 고통스런 상황을 피하거나 부인하는 대신 그곳에 머무르며 그와 마주하는 동안 주체에게 변화가 나타난다.

> 매일 살기 위해서
> 매일 호수를 만드는
> 매일 걷기 위해서
> 매일 호수를 짓는다
> 호수에 빠져들지 않기 위해서
> 호수에서 나오지 않기 위해서
> 호수를 만든다
> 호수를 지운다
> 호수를 완성한다
>
> —「호수 만들기」 부분

「호수 만들기」는 자꾸만 죽음을 향하는 마음을 다스리기 위해 스스로를 죽음에 가까이 두는 역설적 행위를 묘사한다. 이 시에서 주체가 죽음을 대하는 태도는 미묘하다. 그는 죽음을 향한 충동을 깊이 느끼고, 죽음에 내해 생각하기를 반복한다. 그런데 죽음을 가까이 두는 이 행위가 역설적으로 그에게 죽음에 몰닉沒溺하지 않고 그로부터 거리를 확보하게 한다. 이는 자살의 유혹이 인간 삶의 본질적 영역에 속하는 것이지만, 의외로 자신이 언제든 쉽게 죽을 수 있음을 의식하고 있음으로써 그것을 뿌리칠 수 있다는 논리에 따른다.*

이처럼 고통스런 상황에서 오히려 그에 몰입함으로써 그로부터 거리를 확보하게 된 주체는 대상과의 관계만으로 완성되는 사랑으로 충만한 세상이 아니라 자신을 위해 존재하지 않는 냉정한 세계에서 사는 법을 배우게 된다. 그러나 이는 그가 냉정하지만 넓어진 세계를 감각하는 확장된 세계관을 확보했음을 뜻한다. 이제 그는

---

*지젝은 자신의 경험을 소개하며 이러한 역설에 대해 언급한 바 있다. 십 대 후반 무렵 어느 날 그는 부엌에서 가스가 새고 있다는 사실을 알았고, 그러자 라이터를 켜 자신을 날려 버릴 뻔한 적이 있다고 한다. 그렇다고 그 시절 그가 자포자기의 절망 상태에 빠져 있었던 것은 아니었다. 그에 따르면 이 경험은 자살의 유혹이 인간의 삶에 본질적인 것이어서 한순간 기회가 주어지면 그에 대한 유혹을 억제하기 어려움을 보여 주는 사례다. 그에 대해 지젝이 제시하는 방어법은 확실하게 죽을 수 있는 독약을 갖고 다니는 것이다. 자신이 언제든 쉽게 죽을 수 있다는 의식 자체가 그것을 막아 준다는 것이다.—슬라보예 지젝, 『그들은 자기가 하는 일을 알지 못하나이다』, 박정수 옮김, 인간사랑, 2004, 128~129쪽 참조.

자신에게 친숙하지 않은 세계에서 하릴없이 무기력에 빠져 있지 않고 사소하나마 더 넓은 세계 속에서 살아가기 위한 행위들을 쌓아 나간다. 그 첫걸음은 세계의 주인공이 아닌 자신의 삶에 대한 긍정이다.

그러다 세탁기 앞에 까치발을 들고 더러운 양말을 꺼내 신는 아이가 떠오르고 스무 켤레도 넘는 새 양말을 머리맡에 두고 나간 사람도 툭 생각난다

죄책감에 사 온 그 양말들이 어둑어둑 모여 한밤중 경쾌하게 돌아가면 누군가 돌아오는 소리 들은 듯 평온해지고

세탁기 초인종 울리면 주인 목소리를 알아챈 강아지처럼 한달음에 달려가 베란다에 솟아오른 꽃향기를 들이마시곤 했다

—「세탁기 소리 듣는 밤」 부분

「세탁기 소리 듣는 밤」은 자신을 버리고 떠난 이가 돌아와 누른 초인종처럼 느껴지던 세탁 종료 알림음을 듣기 위해 세탁기를 돌리던 과거를 회상하며 쓴 시다. 그러나 스스로를 향한 뻔한 거짓말로 위태롭고도 슬픈

위안을 얻던 과거보다 더 중요한 것은, 그러한 위안을 떠올리며 초라한 자신의 삶을 긍정하는 현재의 시적 주체다.

> 세탁기 돌아가는 소리에
> 용기를 갖게 된다
> 뚜렷한 것이 없어도
> 나는 살아 있고
> 솔직하지 못한 삶에도
> 일정한 소리가 난다
>
> —「세탁기 소리 듣는 밤」 부분

자신을 위해 존재하지 않는 세상에서 무력하게 살아갈 수 있을 뿐이지만, 시적 주체는 이제 "뚜렷한 것이 없어도/나는 살아 있"다고 말할 수 있게 되었다. 자신의 삶이 보잘것없어 보인다 해도 "솔직하지 못한 삶에도/일정한 소리가 난다"는 것을 이제 그는 안다. 이처럼 자신이 세상에서 그리 대단한 존재가 아님을 인정하고 그러면서도 그러한 자신을 긍정할 수 있게 된 주체는 이제 과거의 사랑을 더 이상 현재의 박탈감을 안겨 주는 원인으로만 느끼지 않고 인간 삶의 중핵에 자리한 불안을 견디게 하는 힘으로도 전유할 수 있게 된다.

같이 느낀 단 한 번의 즐거움을 쪼개고 쪼개 나빠지려
하는 마음에 이어 붙이면 조금 아물 수도 있을까. 오늘이
좋대도 내일은 모르겠고, 앞으로 어떻게 먹고살아야 할지
알 수 없지만. 다짐도 싫고 각오도 싫고 계획도 싫지만. 다
만 덜 절망하고 덜 미워하며 살고 싶다. (중략) 나는 매일
달라서 오랜만에 크게 웃고 떠들며 갑갑한 껍질을 벗고
한 달에 한 번 신중하게 울며 살아난 사람이 될 수도 있다.
—「울며 살아난」 부분

삶은 여전히 불안하고 주체는 여전히 세상 앞에서 무
력하다. 그러나 울음이 현재의 박탈감을 견디게 하는 역
설 속에서 시적 주체는 "덜 절망하고 덜 미워하"는 삶을
향해 조금씩 나아가고자 한다. 가끔씩 찾아드는 이별의
무력감 속에서 자신을 잃어버리는 것이 아니라 그러한
불안이 자신의 존재 조건임을 승인한 채 살아가는 것이
다. 「울며 살아난」의 시적 주체는 이제 '부정적인 것과 함
께' 살아가기 시작했다.

여기에서 주체는 자신을 붙들고 있던 과거의 사랑으
로부터 거리를 확보하고 있다. 이 거리는 과거의 충만하
던 사랑 역시 실은 언제든 이별로 끝날 수 있는 불안한
것이었고, 단지 자신이 이를 부인하고 있었다는 깨달음
으로도 이어진다.

많은 것을 함께하려 했던 마음이 순식간에 어두워졌다. 모든 관계에서 하나부터 열까지라는 건 존재하기 어려운 일이다. 다섯이라도 가면 다행이니 그것으로 고마워하는 게 좋다. (중략) 어느 누구도 내 마음 같을 수 없고 그 속도도 맞을 수 없다. 그것을 인정하게 될 때까지 얼마나 많은 착오를 거름으로 착각해야 할까. 아무것도 갖지 마. 내가 좋아하고 열성적으로 해 왔던 노릇도 끝나는 날이 오겠지.

—「물속에 빠뜨리면 투명해진다」 부분

이 깨달음은 단지 과거 자신의 모든 것이었던 사랑이 불안한 것이었다는 자조에 그치지 않고 사랑은 본래 불안한 것이라는 통찰로 이어진다. 사랑이란 불안한 세계 속에서 불안한 자아가 불안한 타자를 만나는 행위다. 그러나 사랑이 위대한 것이라면, 이는 그것이 자신과 세상을 완전하게 하는 것이어서가 아니라 저 불안을 떠안을 수 있는 힘이 되기 때문이다. 사랑의 불안에 대한 통찰이 중요한 까닭이 여기에 있다.

유의할 점은 충만한 사랑 - 이별로 인한 불안과 세계관의 파열 - 상상적 이자관계에 대한 집착 - 무기력에 침잠하기 - 그로부터의 거리 확보 - 세계관의 확장과 주체의 성장으로 이어지는 일련의 상황이 인과관계를 형성하며 순서대로 일어나는 것만은 아니라는 것이다. 우선 주체는 사랑 속에서 이미 불안하며, 과거의 충만했던 사랑은 이별 후에 소급적으로 재구성된 기억이다. 불안은 이별 전부터 있었고, 충만한 사랑은 이별 후에만 있다. 또 이별로 인한 고통에 침잠하는 주체는 그로부터 역설적 쾌락을 얻지만 동시에 고통에서 벗어나기를 원하며, 고통에서 쾌락을 얻는 자신의 충동에 대한 두려움 역시 따르게 마련이다. 이 시집은 고통 속에 머물고자 하는 마음과 그것을 피하고자 하는 마음, 고통을 즐기는 자신에 대한 두려움 등이 뒤섞여 있는 상황에서 고통 속에 머물기를 선택한 주체 내면의 드라마를 담고 있는 것이다.

이러한 내면의 드라마를 통과한 뒤 임주아가 다다른 자리는 따지고 보면 대단치 않다. 어떤 사람을 만나 사랑하더라도 그것이 결코 불안한 삶을 완전하게 만들어줄 수는 없다는 사실에 대한 인정, 보잘것없는 삶일지라도 살아 있다는 사실 자체에서 의미를 찾는 태도, 그러한 삶 속에서 큰 의미를 갖는 결과를 얻지 못한다 해도 사소한 행위들을 쌓아 나가는 일이 중요하다는 통찰 등. 저 고통스러운 과정을 거치지 않더라도 이미 모두가 알고 있는 뻔하디 뻔한 진리들이다. 그럼에도 이 진리에 이르는 과정은 중요한데, 이 과정 없이 곧장 진리에 도달하는 주체란 단지 이별의 고통을 축소하기 위해 사랑 자체를 부인하거나 또는 이별로 끝난 사랑을 부정함으로써 자신의 세계를 충만케 할 사랑을 다시 찾아 떠나게 되는 악무한적 회로에 갇힌 주체로 남을 뿐이기 때문이다.

오직 이별의 고통을 진지하게 마주하는 과정을 통과한 주체만이 삶의 본원적 조건으로서의 불안을 긍정하고 '부정적인 것과 함께' 살아갈 수 있게 된다. 그 결과 확장된 세계관을 얻은 주체는 이제 불안한 세계 속에 함께 존재하는 타자들에게 눈을 돌릴 수 있게 된다. 임주아의 첫 시집이 결국 도달한 이 자리에서, 자신을 충만하게 하리라는 환상에 사로잡힌 이기적인 사랑이 아니라 타자의 불안을 떠안는 이타적인 사랑이 시작될 수 있다. 「김오순전」과 같은 작품이 그러한 사랑의 편린을 보여 준다. 요컨대 이 시집은 불안한 사랑에서 불안을 위한 사랑으로 나아가는 여정의 기록이다. 자신의 불안을 채우는 사랑에서, 타자의 불안을 떠안는 사랑으로.

죽은 사람과 사랑하는 겨울
2023년 12월 20일 1판 1쇄 펴냄

지은이   임주아
펴낸이   김성규
편집   김안녕 한도연
디자인   신아영
펴낸곳   걷는사람
주소   서울 마포구 월드컵로16길 51 서교자이빌 304호
전화   02 323 2602
팩스   02 323 2603
등록   2016년 11월 18일 제25100-2016-000083호

ISBN 979-11-93412-20-6 04810
ISBN 979-11-89128-01-2 (세트)

* 이 책은 2023년도 아르코 청년예술가생애첫지원사업의 지원을 받아 발간되었습니다.